La mission d'Amixar

Une histoire écrite par Nicolas de Hirsching
illustrée par Martin Berthommier

BAYARD ÉDITIONS

1

Un gros lot à gagner

Phipo et Luce sont allongés dans leur lit. Ils regardent au plafond leur émission préférée, « Des lots à gogo », tout en dégustant leur lait pétillant et leur biscuit au caramiel. Le présentateur Glokie apparaît sur l'écran. Il crie dans son micro :

– Nous sommes le 24 juillet 2854 ! Qui va gagner le super-gros lot aujourd'hui ? Peut-être vous, si vous pouvez me dire qui est l'inventeur du Gazoléon !

– Pheu ! Je sais ! C'est Dromart !

Phipo regarde sa sœur d'un air stupéfait :

– Qu'est-ce que tu racontes ? Comment tu peux savoir ça, toi ?

Luce lui tire la langue.

– Eh ben, je le sais ! Je ne suis pas idiote, moi !

Phipo hésite deux secondes, puis il se précipite sur son vidéophone pour appeler la chaîne de télévision. Dès que le visage du présentateur apparaît, Phipo s'écrie :

– Dromart, l'inventeur, c'est Dromart !

– Ouiii ! Bravo !!! applaudit Glokie.

Le reste, Phipo l'entend comme dans un rêve : il a gagné un robot-nounou ultra-perfectionné. Il le recevra à son adresse dès le lendemain... Quand l'écran s'éteint, il danse de joie, il prend sa sœur dans ses bras et la couvre de bisous.

– Mais comment tu savais ça, toi, Pupuce ?

– Je t'ai déjà dit de ne pas m'appeler Pupuce. Je n'ai qu'un an de moins que toi.

– D'accord ! dit Phipo. Mais réponds !

– C'était facile ! avoue Luce. Le petit-fils de Dromart est dans ma classe ! Et il parle sans arrêt des inventions de son grand-père !

Le soir, en rentrant, monsieur et madame Ravaud, les parents de Luce et Phipo, apprennent la nouvelle. Bien sûr, ils félicitent leurs enfants. Maman Ravaud dit :

– Ça tombe bien ! Nous qui voulions vous acheter un robot depuis si longtemps !

– Pour fêter ça, je vais commander un super-dîner au programmocuiseur ! ajoute monsieur Ravaud.

Il se dirige vers la cuisine, il sort sa carte de crédit et l'introduit dans le four à clavier.

Puis il tape son code et il commande :
– Salade martienne aux cornichouilles.
– Rôti de jampoule et frites transparentes.
– Tarte de Vénus aux chocopommes.
Une sonnerie retentit et monsieur Ravaud annonce :
– Voilà, le repas arrivera dans dix minutes !
Le soir, Phipo et Luce sont encore tout excités quand leur mère vient ordonner à la lumière de s'éteindre :
– Lumière, éteins-toi !
Mais longtemps après, les enfants n'ont toujours pas fermé les yeux.

2

Un robot de rêve

Le lendemain, après l'école, Phipo et Luce rentrent très vite. Surprise ! Le robot est déjà là ! Dès qu'il voit les enfants, il s'approche d'eux et leur caresse la tête.

– Bonjour ! Je suis votre nouvel ami. Mon nom est Amixar !

– Qu'est-ce que tu sais faire ? demande Luce, impatiente.

– Je connais cinq mille jeux différents et dix mille histoires ! Je peux aussi vous aider dans votre travail, faire la cuisine, surtout les gâteaux, et le ménage pour réparer tout le désordre que vous faites !

– Génial ! crie Luce. Et tu peux faire nos devoirs aussi ?

– Ah ! Non ! répond Amixar. Je peux vous les corriger, mais pas les faire à votre place.

Je ne suis pas programmé pour cela !

– Tant pis ! dit Phipo. On joue d'abord !

– D'accord, dit Amixar.

Et il apprend aux enfants toutes sortes de jeux :

« Les poulpes de Mars »...

« La huitième dimension »...

« L'univers miniature »...

Deux heures plus tard, le robot annonce d'un air sérieux :

– Je vais vous laisser maintenant ! Je dois préparer le dîner !

Luce fait signe à Phipo de la suivre dans la chambre des parents. Sur la commode, elle prend un petit livret et des tas de papiers.

– Qu'est-ce que c'est ? demande Phipo.

– Les papiers de l'usine d'où vient Amixar, chuchote Luce. On va essayer de le programmer pour qu'il fasse nos devoirs. On n'a qu'à téléphoner au programmateur et on lui demande comment il faut faire, d'accord ?

– Tu es folle ! Il ne voudra jamais !

– On peut bien essayer ? Regarde le livret, le programmateur s'appelle monsieur Serpillon.

3

Un bon gardien

Phipo n'est pas rassuré, mais pour faire plaisir à sa sœur il accepte de téléphoner à monsieur Serpillon. Il compose le numéro sur le vidéophone et il attend. Un homme apparaît. Il n'a pas l'air commode.

– Ici Serpillon ! Que désirez-vous ?

Phipo demande d'une voix tremblante comment changer les instructions de son robot, mais le programmateur s'écrie :

– Surtout n'y touchez pas ! Vous risqueriez de le casser ! J'ai eu beaucoup de mal à le programmer. Ce n'est pas un jeu pour les enfants !

Et monsieur Serpillon disparaît de l'écran. Phipo se tourne vers Luce qui est plongée dans le mode d'emploi du robot. Il hausse les épaules et dit d'un air furieux :

– Tu vois, je te l'avais dit !

Puis il sort du vidéo-salon. En passant devant la chambre de ses parents, il aperçoit Amixar. Le robot est penché au-dessus du coffret à bijoux de madame Ravaud. Il l'examine, tout en appuyant sur un bouton de sa poitrine. On entend alors plusieurs déclics. Phipo s'approche, très intrigué.

– Qu'est-ce que tu fais ?

Le robot se tourne vers le garçon :

– Mon rôle est aussi de protéger chacune de vos richesses ! Alors, je les enregistre toutes, ainsi que l'endroit où vous les rangez !

Phipo trouve Amixar décidément bien utile. Pour l'aider, il lui montre les objets de valeur de la maison : la boîte avec les cartes de crédit, les papiers importants, les vieux vases du XXe siècle, les fourrures de sa mère en Azyghotorr, bref, tout y passe. À la fin, le robot lui donne une petite tape sur la tête :

– Merci beaucoup, Phipo ! Grâce à toi, mon travail sera bien plus facile !

4

Il est bizarre, Amixar

Le soir, à table, Phipo et Luce racontent leur journée : tous les jeux auxquels ils ont joué avec Amixar, toutes les histoires qu'il a inventées.

– Je vois que tout se passe bien avec Amixar, déclare monsieur Ravaud, satisfait.

Tant mieux, car maman et moi allons demain soir assister à un concert sur la Lune. On ne rentrera pas de la nuit. Amixar s'occupera de vous !

– Oh ! Non ! proteste Luce. Vous partez toute la nuit ? Vous ne vous en faites pas !

Madame Ravaud répond en souriant :

– Mais puisque Amixar est là ! Et puis, je te rapporterai un beau collier en Righolite !

Luce ne dit plus rien. Ça fait longtemps qu'elle veut un collier comme ça, avec des cailloux qui rigolent dans le noir.

– Une dernière chose ! dit encore monsieur

Ravaud. N'ouvrez la porte à personne ! Des amis se sont fait cambrioler et on leur a tout pris, même leur nouveau robot.

Le lendemain, Amixar s'occupe des enfants. Il leur prépare un magnifique goûter, il leur raconte des histoires, il joue avec eux. Puis, il les laisse faire leurs devoirs :

– Je reviendrai quand vous aurez terminé.

Au bout d'un moment, Phipo part à la recherche d'Amixar pour lui demander un renseignement. Soudain, il entend un bruit de conversation dans le couloir. Amixar est devant le vidéophone, il parle à quelqu'un. Et ce quelqu'un, Phipo le reconnaît immédiatement : c'est monsieur Serpillon, le programmateur ! Phipo entend quelques mots :

– ... beaucoup de valeur... ce soir... pas de parents...

Mais dès que le robot aperçoit le garçon, il coupe la communication.

– À qui parlais-tu ? demande Phipo, étonné.

– C'était une erreur ! Rien d'important ! répond Amixar en se mettant à ranger le salon.

Phipo trouve cela bizarre, puis il n'y pense plus. Il demande au robot un conseil pour son devoir d'histoire cosmique, et il retourne à son travail.

Quelques minutes après, la sonnerie du vidéophone retentit. Luce se précipite :

– C'est papa et maman !

Les parents demandent si tout va bien. Luce les rassure.

– Alors, à demain, les poussins, répond madame Ravaud, et soyez bien sages.

– Et vous, n'oubliez pas mon collier ! prévient Luce.

5

La trahison d'Amixar

Le soir, au moment de se coucher, une question trotte dans la tête de Phipo : « Pourquoi Amixar parlait-il avec monsieur Serpillon ? »

– Luce ! murmure Phipo. Tu crois qu'un robot peut téléphoner tout seul ?

Luce se tourne dans son lit.

– Mais non ! Si on ne leur demande rien, ils ne font rien tout seuls ! Ils sont programmés pour suivre leurs instructions ! Laisse-moi dormir !

Mais Phipo n'est pas convaincu. Il est de plus en plus sûr qu'Aximar a téléphoné lui-même. Si ça avait été une erreur, ils auraient entendu la sonnerie, comme lorsque les parents ont téléphoné !

Le sommeil ne vient pas. Phipo essaie de penser à autre chose pour dormir, comme sa sœur, mais en vain. Au bout d'une heure, il se lève pour boire un verre d'eau.

Il sort de sa chambre doucement, pour ne par réveiller Luce, et se dirige vers la cuisine. Soudain, il s'arrête. Amixar est dans le couloir ! Il est en train d'entasser devant la porte d'entrée les richesses de la maison ! Phipo reconnaît tout ce qu'il avait montré au robot.

Puis, Amixar branche le vidéophone et compose un numéro. Aussitôt le visage de monsieur Serpillon apparaît. Il demande :

– Tu as tout préparé, Amixar ?

– Oui, monsieur ! répond le robot. J'ai suivi vos instructions ! Vous pouvez venir chercher le butin*. Je vous ouvrirai la porte à minuit !

* C'est ce que l'on a volé.

Phipo n'en croit pas ses yeux. Amixar ? Un voleur ?

Phipo se sent trahi, lui qui avait si confiance dans le robot. Il lui avait tout montré ! « Ça m'apprendra ! se dit-il. Après tout, ce n'est qu'une machine ! »

Phipo décide d'aller prévenir sa sœur, mais en se retournant, il renverse un bibelot. Le robot arrive à toute allure :

– Qu'est-ce que c'est ? Oh ! C'est toi, Phipo ! Tu ne dormais pas ? Tu as tout vu ! Je dois donc obéir à l'instruction 32 !

Il attrape Phipo par les épaules et le soulève de trente centimètres :

– Article un, dit-il, ne pas laisser de témoins !

Phipo se débat de toutes ses forces. Il tente de lutter avec Amixar, mais le robot est trop fort. Il porte le garçon à bout de bras et s'approche de la fenêtre...

6

Phipo est en danger

– Lâche-le, vieux clou pourri !

C'est Luce qui crie ainsi. Le robot tourne la tête un instant. Soudain, Phipo a une idée. Il ordonne :

– Lumière, éteins-toi !

La lumière s'éteint automatiquement.

Phipo en profite pour se libérer. À quatre pattes dans le noir, il se dirige vers sa sœur. Derrière lui, il entend le robot menacer :

– Vous ne pouvez pas m'échapper !

Amixar appuie sur un bouton de sa tête et, aussitôt, deux faisceaux lumineux sortent de ses yeux. Ils balaient la pièce à la recherche des enfants.

Mais Phipo et Luce sont déjà cachés dans une armoire. Phipo serre sa sœur dans ses bras :

– Qu'est-ce qu'on va faire, maintenant ?

– C'est toi le plus grand ! répond Luce. C'est à toi de le savoir !

Soudain, la porte s'ouvre et une lumière aveugle les enfants.

– Je vous avais dit que je vous trouverais ! gronde le robot.

Il saisit Phipo par le bras. Luce, elle, réussit à se faufiler et s'enfuit vers sa chambre. Le robot ne s'occupe pas d'elle. Il traîne à nouveau Phipo en direction de la fenêtre.

– Toi d'abord, ta sœur après !

Phipo ferme les yeux : il y a quatre-vingts étages sous leur appartement ! De sa main libre, le robot appuie sur le bouton qui commande l'ouverture de la fenêtre...

7

Mission ratée

Tout à coup, la lumière se rallume et Luce apparaît en hurlant :

– Stop ! Arrête-toi, tu as raté ta mission, Amixar !

– Mission ratée ? fait le robot en s'arrêtant net.

Luce brandit une boîte noire. Elle s'approche d'Amixar et le regarde droit dans les yeux.

– J'ai prévenu mes parents avec ma radio spatiale ! Ils savent tout ! Tout est découvert. Tu as raté ta mission !

Amixar lâche Phipo. De la fumée sort de ses oreilles.

– Mission ratée ? Non ! Je ne peux pas ! Je n'ai pas le droit ! Non ! Nooon !

Puis il y a un grand éclair. Le robot s'immobilise : ses yeux se ferment et sa tête penche sur le côté.

Luce s'approche de lui et lui donne un bon coup de pied dans les jambes.

– Voilà ! Bien fait pour toi !

Phipo n'en revient pas.

– Mais... mais comment tu as fait ?

– Facile ! répond Luce. Je lui ai fait croire qu'il n'avait pas obéi à toutes les instructions. Et tu sais bien que dans ce cas, les robots s'arrêtent de fonctionner ! Ça s'appelle « le système de sécurité ». C'était écrit dans le mode d'emploi !

Elle appuie sur un bouton de la boîte noire qui émet un petit bruit de sirène : « la radio spatiale » n'était en fait qu'un jouet ! Luce ajoute en riant :

– Et en plus, ils sont bêtes, ces robots, ils croient tout ce qu'on leur dit !

8

Amixar tout neuf !

À minuit, monsieur Serpillon et deux hommes arrivent comme prévu. La porte est ouverte et le butin est prêt dans le couloir. Mais, au moment où ils vont s'en saisir, des policiers surgissent et capturent toute la bande.

– Et voilà, dit le commissaire Duboc à Phipo et Luce. Vous avez bien fait de nous appeler ! Des tas de vols restaient inexplicables, mais grâce à vous, maintenant on sait. Ces bandits programmaient les robots pour en faire leurs complices. Amixar, comme d'autres, était obligé d'obéir !

– Et vous allez pouvoir le réparer, notre robot ? demande Luce.

Le commissaire répond en riant :
– Mais bien sûr, petite ! Vous l'avez bien mérité. On va vous le rendre comme neuf, avec des nouvelles instructions pour qu'il vous chouchoute !
Luce, alors, lui souffle à l'oreille :
– Vous ne pourriez pas le programmer pour qu'il fasse aussi tous nos devoirs ?

1- C'est la vie, Julie
2- Les tortuléons arrivent
3- Un dimanche dingue
4- La forêt d'Arua
5- Le talisman de Vannina
6- Le mot interdit
7- Le professeur Cerise
8- Pacounda
9- La dame et la mouche
10- L'oncle Giorgio
11- Mystère et chocolat
12- Le pêcheur d'oiseaux
13- L'homme aux sept loups
14- Les jumeaux du roi
15- Le géant enseveli
16- Un amour de chien
17- Paul et le robot
18- La vieille dame et le fantôme
19- Les sept sorcières
20- Les Lili Moutarde
21- Un diable au garage Grog
22- Graine de monstre
23- Les Petits mégots
24- Patatarte
25- Les trois amis du prince Nicolaï
26- Le voyage en Torpédo
27- L'ourse grise
28- Treize gouttes de magie
29- Nôar le corbeau
30- La villa d'en face
31- Du houx dans les petits pois
32- Kangourou-nounou
33- Rob Rocky, l'homme des Rocheuses
34- Porcelin
35- La bibliothèque ensorcelée
36- Les concombres du roi
37- Huchté l'Indien
38- L'atroce monsieur Terroce
39- Le pommier de la reine
40- Victor, l'enfant sauvage
41- Drôles de contrôles
42- Les lapins de madame Carmel
43- Léo et l'auto verte
44- Jacques et le tank
45- Ivan le Magnifique
46- Le rêve de Nikita
47- Berlingot a disparu
48- Mystère et boule de neige
49- Le Turcus Étoilus
50- La charabiole
51- La princesse Élastique
52- Un pirate dans la ville
53- La sorcière habite au 47
54- Le boulanger de Roc-Noir
55- La belle endiablée
56- Le royaume des devinettes
57- L'œuf du dragon

-49-

LE TURCUS ÉTOILUS

Une histoire écrite et illustrée par ***Yvan Pommaux***

E*nvoyé en mission secrète par l'Institut d'histoire naturelle, Louis Chabert emmène son neveu Jeannot à travers l'Italie et la Grèce dans sa camionnette de marchand de fruits et légumes. Pour quoi ? Pour le Turcus Étoilus. Un fabuleux papillon aux ailes couleur de nuit étoilée, qui vit, paraît-il, en Turquie, et que personne n'a jamais réussi à capturer... Mais qui sont les deux mystérieux personnages qui traquent le chasseur de papillons ? Une nouvelle aventure pour Jeannot et son oncle Louis Chabert, les personnages de* Du houx dans les petits pois.

-50-

LA CHARABIOLE

Une histoire écrite par ***Fanny Joly*** *et illustrée par* ***Claude et Denise Millet***

P*etites lunettes, cartable ciré : Quentin Corbillon est un élève modèle. Il sait tout, il a 20 en tout, et il révise même ses leçons pendant les récréations. Bien sûr, la maîtresse le chouchoute... Jusqu'au cours de mathématiques où Quentin répond que les triangles, ce sont des "chioukamards à gloupions..." Depuis ce jour-là, Quentin ne parle plus que dans un incroyable charabia que personne ne comprend. Professeurs, parents, docteurs, tout le monde s'affole.*
Comment guérir Quentin de cette drôle de maladie ?

-51-

LA PRINCESSE ÉLASTIQUE

Une histoire écrite par ***Bernard Friot*** *et illustrée par* ***Manuel Gracia***

À *la naissance de cette princesse, la plus vieille fée du royaume, sa marraine, avait oublié sa baguette magique. Alors, elle s'est servie d'un tournevis pour prononcer au-dessus du berceau ce vœu : "Petite, tu ne te laisseras jamais marcher sur les pieds ! " Le vœu a été exaucé : Élastique n'est vraiment pas commode ! Quand le roi son père décide de la marier, la princesse chasse tous les prétendants à grands coups de pied aux fesses ! Trouvera-t-on un amoureux suffisamment souple et solide pour Élastique ?*

-52-

UN PIRATE DANS LA VILLE

Une histoire écrite par
Jacqueline Balcells
et illustrée par
Quentin Blake

Ce matin de 1680, à La Serena, au Chili, on n'entend qu'un cri : "Les pirates reviennent !" Les affreux pillards qui ont mis la ville à feu et à sang voilà trois ans débarquent dans le port. Grand-mères, enfants, animaux, tout le monde s'enfuit... Tout le monde sauf Isidro, le fils du maire, qui reste dans son clocher, à sonner sa cloche.
Que va devenir ce bêta d'Isidro, seul face aux pirates ?

-53-

LA SORCIÈRE HABITE AU 47

Une histoire écrite par
Nicolas de Hirsching
et illustrée par
Vincent Penot

Une nouvelle locataire vient de s'installer dans l'immeuble de Vincent. En allant gentiment lui porter son courrier, Vincent tombe face à face avec une affreuse vieille au nez crochu qui l'enferme, puis le soumet à ses pouvoirs vraiment bizarres.

Pauvre Vincent ! Le voilà qui vole en l'air, danse sans le faire exprès, et n'arrive même plus à dire ce qu'il veut. Vincent restera-t-il esclave de cette locataire-sorcière ?

-54-

LE BOULANGER DE ROC-NOIR

Une histoire écrite par
Guy Jimenes
et illustrée par
Yves Beaujard

Il y a deux siècles, sur l'île de Roc-Noir, Isabelle, la petite orpheline, construit une cabane dans les dunes avec ses amis... Une cabane si réussie qu'ils décident même d'y dormir. Mais Daniel, le fils du boulanger, vient les avertir qu'un fantôme à la tête coupée rôde la nuit sur la plage, au pied de la citadelle où le redoutable gouverneur de l'île tient enfermés ses prisonniers. Seule Isabelle se sent prête à affronter le danger...

-55-

LA BELLE ENDIABLÉE

Une histoire écrite par
Évelyne Reberg
et illustrée par
Daniel Maja

P*eu après l'anniversaire de ses quinze ans, la fille du diable tombe malade. Le diable convoque tous les démons de l'enfer pour tenter de la soigner. Hélas, rien n'y fait. Il décide alors de venir chercher de l'aide sur terre et promet d'offrir une Satanikss, voiture superbe et diabolique, à qui guérira sa fille chérie. Malgré cette alléchante récompense, personne ne réussit. Jusqu'au jour où un jeune homme qui brûle d'envie de voyager, et qui se fait aider par une vieille sorcière,... y arrive. Mais le voyage va l'entraîner bien plus loin qu'il ne pensait !*

-56-

LE ROYAUME DES DEVINETTES

Une histoire écrite par
Évelyne Reberg
et illustrée par
Mette Ivers

O*bo est un garçon si laid que personne ne veut l'aimer. Mais il joue si bien de la flûte qu'un vieillard le met au défi de délivrer Or, la divine princesse prisonnière du roi Riorim. Ce roi, mi-homme mi-crapaud monstrueux, coupe la tête de tous ceux qui ne savent pas répondre à ses terribles devinettes...*
Heureusement, sous la laideur d'Obo se cache une grande intelligence. Et dans sa poche, il a sa flûte...

-57-

L'ŒUF DU DRAGON

Une histoire écrite par
Dominique Perez
et illustrée par
Gaëtan Evrard

O*cels de Cerebella a beau être un prince courageux et plein d'entrain, il n'a encore rencontré ni la fortune, ni l'amour...*
Jusqu'au jour où son chemin croise celui de la belle princesse Azuline. Ocels a le coup de foudre !
Hélas, le père d'Azuline, le méchant roi Avérien, n'accordera la main de sa fille qu'à celui qui lui rapportera l'œuf en diamant qui manque à sa collection, l'œuf du terrible dragon de Lambret. Ocels est si amoureux qu'il accepte de se lancer dans l'aventure. Et quelle aventure !

Achevé d'imprimer en août 1993 par Ouest Impressions Oberthur
35000 Rennes - N° 14167
N° éditeur n° 1548 - Septembre 1993
Imprimé en France